太陽の横

山木礼子　歌集

短歌研究社

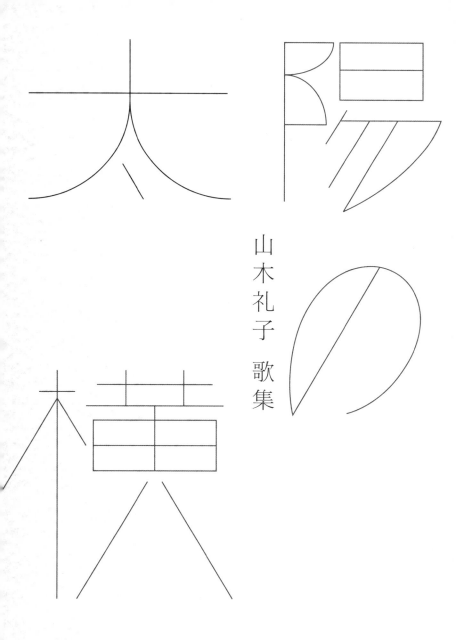

太陽の横　目次

I

II

太陽の横

装幀　花山周子

I

花籠に花

くつたりと首《かうべ》を垂れて読みふけるわたしの影が覆つた文字を

朝光《あさかげ》をしんと浴びゐるスロープのしろがね色のかぼそい手すり

みどりごはくたくたに疲れ生まれくる初夏さわがしい分娩室に

からだから取り出したものは龍だらう、ほら鬣がこんなに生えて

花籠に花あふれゐる病室で褒められてゐるわたしの乳首

入院着のボタン留めつつちちふさに金鉱脈を眠らせてをり

一食につき二錠といふ鉄剤の最後の二錠を並べて飲まず

夏が来て、

季語のちがふ国に生まれしおとうとを迎へて兄は浅くわらひぬ

真新しいイオンの服を着せられるままに着てゐる二人きやうだい

寝返りをまだ打たぬ子の寝姿の平《ひら》べつたさよ　ながれゆく夏

毒りんご吐きだすやうな甘たるいはかない息に子は噯気《げつぷ》せり

立ちのぼりかき消える白いふはふはがきみを裏切りやけどをさせた

冷房つけつぱなしの夜をばんさうかう巻いて誇らしさうな中指

キッチンへ近づかないで　うつくしいものの怖さはもう教へたよ

秋から冬へ

きみはある穏やかな日の脱衣所で髪を逆立て慌てはじめる

大丈夫だよママのちんちんもトラックがいま運んでる、とぞ

手のひらにちひさな湖《うみ》を湛へては顔の端まで塗りひろげゆく

二十分あまりにてみかんひとつ剝く子供の時間は木立の時間

保育所までのほんの短い道のりを漕ぎだせばまた逆光のなか

ごらん　雲のむかうで秋の青年が裸体を恥ぢるやうな夕焼け

友だちはできたかと子に問うてゐる友だちをらぬ母はさびしく

子を持ちても歌会へ通ふ日々をもつ男性歌人をふかく憎みつ

「日本死ね」までみなまで言はねば伝はらぬくやしさにこのけふの冬晴れ

気分よく上りきりたる階段を下りくるやうに冬に入るべし

膝をつきひろふ砂粒　天国と地獄のあひが地上であつて

キリストにも〈いやいや期〉ありやパンなどは食べじと口をかたく結んで

兄ひとり保育所に預けゐるあひだ弟とゆくベビースイミング

ねむさうなわが子を浸し揺らしをりゆらゆらと茹であげるごとくに

何事か摑みかけまたあきらめしやうにまぶたは下りてゆきたり

食パンにラズベリージャム塗りたてる産後半年まだ生理来ず

チーズと火薬

宵闇に追はれ追はれて夕映えは二月の空を沈んでいつた

口金より絞りだされしクリームの花のかたちに子は坐りをり

きみの黒子《ほくろ》の一番星は湯あがりの赤いふくらはぎにまたたいて

春来たり　乳歯がきうり食む音の悲しいまでのみづみづしさに

生活に１を足しても生活で　ベビーフードの小瓶をすすぐ

はやぶさは凜々しく走る　リビングの風の吹かない線路のうへを

梅の花をぽんかんの実を覚えゆくなづきに春は日ごとふくれて

タクシーの迎車で向かふ三歳児健診　荷物ばかりが多い

はじめからすべて終はつたやうな目で待ちをり　母は待ちくたびれをり

「くまさんのおへや」やうやく名を呼ばれ「とらさんのおへや」で口をあく

体重計をまへに動かぬ貝となる　はだかになるのは嫌だといつて

呼ばれるがままあるがまま流れゆく親と子供と問診票は

三年をともに過ごして子はいまだ母の名前を知らずにゐたり

もう来ないからと小声で告げながら診察室を逃げるやうに去る

枝先がまた膨らんで待つて待つてそんないつせいに咲かなくても

子が見入り魅入られもする画面かなトムとジェリーとチーズと火薬

安眠アプリから鳴りだした波音の夜のみぎはへまぎれゆくまで

やはらかな毛布にふたり子を溶かしわたしも溶ける　報はれたいな

寝室に抱きあげし子を抱いたきり重なつてゐるお腹とお腹

泣き顔がどうも舅に似てきたな　ともあれ深く抱きしめてやる

あかるいが助けてくれぬ常夜灯　早く寝てくれ寝てください

使ひすてのわたしがほしい　封切ればあたらしい笑顔で立ちあがる

息ほそく吐きだしながら半眼の憎のかほして引くアイライン

脱獄をした日の空に星はなく街灯のすべてが星だつた

駅前にまだ点りゐる三月のイルミネーションなにを祝つて

背伸びしてハンガーを鴨居へ掛ける　寄りくる波をかき分けながら

それぞれに柄杓ですくふマッコリは切れ目なく降る雨の味する

水面に取りおとしたるハンカチの白はめくれて　肉うらがへす

子をもてば女にあればひとりだけ軽くされたるけふのお会計

地上より明るい地下の入口を見下ろせりだれの手も握らずに

天国

鳴き方をわすれたる鳥　手のひらに強く震へるスマートフォンは

どのくらゐよくあることかわからない　いつかあるとは思つてゐたが

救急車のしんと鳴りやむ瞬間を見てゐた　風の穂先を向いて

自転車をまつすぐ停める冷静に　ねえ今泣かなくていつ泣くの

無線機にこゑひび割れて転倒の男児すなはち患者となりぬ

縫合のあひだは外へはじかれて菜花のやうに揺れゐるばかり

「お母さん、四針でした」一対の柔道耳に目が吸はれゆく

血だらけとやつと気づいた服のままけふやうやくに子を抱きあげぬ

ミートソースに口を汚してわが子とは年の離れたおとうとのやう

きみのなかへ入りゆくものを見とどけて出でくるものを待ちわびてゐる

救急車、また乗りたいと子は言へり鏡のやうな目をみひらかせ

だれかれとなく手をふつてほほ笑んで投票権のまだあらざる子

もぐりたる椅子の下より見あぐれば母は忙《せは》しい脚のいきもの

朝から落ちつぱなしのシリアル拾ふより体のために横になりたい

帰りたくないと泣かれて何のためにここへ来たのか保育所は夜

玄関でひっぱたく顔　さういへば母を一度も殴らない子を

いつか詩になると信じてやり過ごす日々にシンクの泡は壊れて

逃げきれるとでも思つてゐるのあさゆふを車輪はまはるまはりて止まず

「出ていけ」より「出ていく」がいい　熟れゆけるバナナのかをり花よりも濃く

死は生の余白にあらず　かんばせの高さへ伸びて咲く酔芙蓉

純喫茶「天国」なれば天国の皿に焼かれしホットケーキを

星を見ずとも星占ひはできることきのふからけふずつと雨ふり

川岸を遠のきながらうつすらとみづの匂ひに巻かれゐる船

どの顔もおなじ暗さになるまでをしづもりゆけばしづかだ夜は

いつしんに見しゲイビデオまぶしきは前と後ろの入れかはるとき

寒々とねむる間際をからめあふためにに細くてひとの手足は

十分で一本吸へる計算を　ふたり子はいま寝《い》ねたるところ

口紅とたばこのいづれ長からむ宵の川辺をどこまで歩く

小説を読まずに生きる一生は楽しからうよ草なども踏む

この人を好きになるかもしれぬといふ予感のやうに降る白い雨

記憶

しぼみたる胸をしぼれば耐へがたく美談のやうにまだ乳が出る

救急車で搬ばれし春を忘れたる子なり傷跡は花のやうにて

ほがらかに五十音表読みあげぬ　壁と子供は相対なして

春しばしとほくにあればふたり子をまだ起こさない秋の寝室

長雨に流れてしまひたるゆゑに運動会の歌が書けない

芋ほりに子が持ち帰る大ぶりで泥だらけの芋　こまりますよね

白ごはん二膳ならべて四本のかひなを順々にまくりやる

虐待が愛でないとは知つてゐてだから私はまだ大丈夫

週末もまたがぬうちに気がつけば腐らせてゐた芋を捨てたり

誠実に嘘はつらぬく　買つてきた安納芋を汁に落として

蟬といふ語を覚えたる子につぎに死といふ語彙がくははりて秋

甲高いあれは虫鳴くこゑだつたくすんだ夜の網戸の奥に

家ぢゆうに米粒がついてゐたやうな……記憶は胸を千々に割る鏬

夕さりにまぶた細めて晩酌の度数が消費税と張りあふ

二時に外し六時につけるコンタクト　呼ばれしやうになみだ出でくる

ツイッターに書かれることを恐れつつ怒りやまざり昼の車内に

ベビーカーをずり落ちてゐる片足にひそかに触れる老いた手のある

気配のち影のちすがた　風邪の魔はのみどにをどる槍ふりまはす

生きることの目的は生き延びること床からひろつた服なども着て

届きたる長い手紙はうつすらと仕事やめよと読みうるやうな

「できるだけ人に会へ」つてあなたにもたしか子供がゐたはずですが

二十三センチの靴に支へられ歩いてゆけば何もない道

今ここでやめたなら子をいつまでも恨んでしまふかもしれぬゆゑ

デスクの島はとほく離れて元彼のやうになりたり元の上司は

ひとりとは自由の謂だバーガーの包み紙ふかく顔をうづめて

出張へ旅立つ人をこころよく見送るごとに母親になる

小便器どうしに隣りあふことの悲壮を知らず　はや秋の淵

何を言へばいいのかわからないときの「頑張れ」のやうに言ふ「おめでたう」

けふの死霊のやうなきのふが後ろから見てゐる　けふを羨みながら

地下鉄でレーズンパンを食べてゐる茶髪の母だついてきなさい

朝

こつくりと夜に飲まれる　貰ひたるメールとぼとぼ放置したまま

何度でもやつてくる朝　耳元のアラーム音が鳴りだすたびに

カーテンを開けたる部屋にわたくしの陰《ほと》をとほりし頭がふたつ

丸皿にコーンフレークを零しゆくわたしの分はやや欲張りに

子の頬へ口づけるときぼんやりとよだれの跡を避けてゐること

長生きのご褒美としていいだらう大人は毎日電車に乗れる

好きなこと嫌ひになんかなれないよ耳に押し込むイヤホンの玉

十五年前に収録されたアルバムの速いドラムが耳へ胸へと

いたづらに揺すられながら車内には抱きすくめあふほどの近さで

たばこを吸つた口をゆすいで口紅を塗りなほしたりカシスレッドの

だれからも疎まれながら深々と孤独でゐたい　月曜のやうに

きれいな顔を路へと向けてマンションは背中どうしを合はせて立てり

ドトールは締切前のなけなしの三十分を助けてくれる

この指に銀河宿れとねがひつつ歌はわたしの冬のひと日を

泣きやまぬ子を抱いたまま階段の段を転がりおちてやらうか

子供ゐたんですかと驚かれしことが熱いきらめきとして尾を引く

帰る時間が自由に決められる暮らし　わたしにはもう来ない暮らしよ

わからない言葉が多くなつてくることが嬉しい。若さはすてき

朝焼けは白い真昼になりたがる冬の日々とは切なく速く

夜を去らせた朝であつてもどの空もことばを知らず光りゐるのみ

空いてゐる手が受け取つた受講票でＳＤＧｓのセミナーを聴く

待合の添へ物として置かれたるポトスの枝は床まで垂れて

次世代と女性はけふもひとくくり色あざやかな浅葱の紐に

働くといふはひとつの終はりない物語されど詩からは遠い

水割りで飲みくだすピル　聞こえくる何が正しい何がをかしい

腫れた心がときをり汁を流すだろ　泣いて気がすむなら泣きなさい

棒あれば上りたくなる　坂あれば走りたくなる　空の底にて

何歳で死ぬのと聞かれ百歳と答へたりまだ七十年も

とても年をとつた日の朝　ふたり子もすつかり年をとつてる朝に

最後まで楽しいと思へないままで育児が終はるまづしく終はる

日記

最後まで付き合ひきれなくてごめん川をながれた水を追はない

コメントは今はいいからここで泣くわたしの子供だれか止めてよ

「かしこい」つてほめ言葉ではなかつたんだ　よかつたその木の名を知らなくて

四歳と二歳のかほは少しちがふ　四歳はもう母をきらふに

三人でよく見て帰るがらあきの車両をけふは遠い位置から

腕づくでちひさな腕を引きよせる石けん水のボトルの下へ

わたしには渡れない川　橋げたの下にシートで覆つた何か

手を引いて歩いたことなんかないなすぐ嫌がつて振りほどかれて

コーヒーと麦茶どんどん飲みほして保育所あかぬ春はすぎゆく

夏はまだわからないから夏まつりをあきらめきれない父母会ＬＩＮＥ

テレカンは自分の目だけ見ればよく心は近くもひとつでもない

言葉はずつとここにあるのに読みさしのカバーも帯もどこへはぐれて

「プチトマトのへた取らないでほしかつた」泣くほどに恨まれて母とは

ひとの子はくまの子抱いて起きいだす朝のカーテン右からあける

搔きよせるパズルピースの一様に青い部分が海または空

なにひとつ寂しくなれぬ寂しさよ家の中なる街さわがしく

のりこえよう　としたがうつかり蹴りとばすブロックの家に天井がない

サワーには鬼が似合ふねきりきりとレモンを絞る泣き顔の鬼

星型のポテトぢりぢり揚げてゐるいつか出てゆく他人のために

ながいながい別ればなしの途中ではきみの涎を拭いたりもして

子をまたも言ひ負かしたりそのうちにきみはわたしを殴るだらうか

閉経してあかるくなる自分を想像する　今年から好きになる鮎の腸《わた》

本当よ　スマートフォンを擦《す》りながら人生について考へてゐる

子を産んで毎日泣いてゐる人へ　わたしはあなたのすべてを守る

五十年後から私が来た

背はかなり縮んだけれど大きさのあまり変はらぬ手に手をふれる

散らかつた部屋にしばらく目をほそめ　そんな目はしてほしくなかつた

子のためにさうするやうに椅子の背を深めに引いたすこし屈んで

ぐしやぐしやのかばんから出る口紅で煙草をやめてゐないとわかる

東京にタワーはいくつありますか　いのちはまだ一度きりですか

お時間が足りず残念　聞けなかつたわたしは家を出られたのかと

私道

新品の服をあらつてふるい服きたない服もあはせて畳む

抱きあげて運ぶにはもう重すぎて抱きたり床に立たせたるまま

登園の朝に履かせるパンツにも名前　わたしがつけた名前を

北向きの部屋に置かれて寝台は倒れるひとを受けとめる穴

生まれきたこと生んだことなにもかも忘れるやうに倒れつづける

〈進撃〉

車座にひとつほのほを見つめをりエレンのゐない三十二巻

もうだれも家を持たねばそれぞれの土へ寝そべる空も見あげて

かなしみは胸に怒りは脳にありふたつ集めてくびれたる喉

手のやうに目を動かして老犬をさがしたけれど小説のなか

晴れた日に抱つこ紐を捨つ麵カッター搾乳機鼻水吸引機捨つ

捨てるたび捨てられゆくは何ならむ葉月の花がまだひらきゐる

半ズボンからはみ出した膝がしら曲がるときさへほのぼの光る

重なつた空箱、　中身のない袋　捨てないでねときみが言ふから

おとうとに電車取られしそれのみにそれほど泣くは苦しくないか

いつまでも乳児の服を勧めくるメールが届く密書のやうに

一日を着替へつづけて何度でも子は生まれ何度でも手を伸ばす

植込みの先へしばらく立ちどまり猫見るときは猫のやうなる

すべりだいの段を上れば踊り場の砂ははらはら落ちる地上に

会釈では済まないせゐで微笑んでしまつた樹下に風受けながら

子の友だちのその母といふ遠さにてされどいづれも帽子はかぶる

力なく鉛筆に字をなぞりをり書くのはきつとややこしいこと

焦つても仕方がないよエメラルドわたしも今も石が好きだよ

起きぬけの顔を画面に近づけてのぞきゆく背はつよくあかるむ

習ひ事なにもやりたくないきみが抱きしめてゐる裸のうさぎ

夢に音符ながれてゐても譜めくりを持たないわたし　牛乳を飲む

ちぎれさうに明るき春の歌書いてメンデルスゾーン卒中に死ぬ

木でなくなる際に自分が木だつたと気づくのか葉をさらはれながら

この夏はサンダルだけを履いた夏　どこかだれかの私道を歩く

子は闇よおとなは光よ長月のみづから焼いた肉に塩ふる

公園にわかれたる子は蟷螂に食はすばつたを捕りてかへりぬ

靴音

ベビーカー押して入れば葬場のとびらは思ふよりも大きい

昼すぎの空をはがれて落ちさうなもみぢゆふがたいまだ落ちずに

小走りでコンクリートにひびかせる硬い靴音　生者であると

投げあげるほどの高さにらふそくの火はいつまでも灯されてゐる

去り際の手首をにぎらせるやうにりんが鳴る阿弥陀経のをはりに

にぎやかで良しと二歳も四歳もゆるされて走りだせば止まらず

知らない人になるわけでなし川を離れて死者のいのちはなほ死者のもの

草むらが見えるお寺から来た軽自動車が見える　手ぶらの道に

つはぶきと知ればたちまち蕗として見えてくる花こちらを向いて

夜といふだけでかつてに懐かしい線路と陸橋の多い町

鉛筆でかいたらそれはひとの絵で片手を上げるひとりが子供

失敗は悪くないよと言ひながら消しゴムで消す　後悔はある

豆まきの的になるのは親である先生であるまづは起立を

破れたるページを留めるつぎはぎのセロハンテープどれもが心

どの星もごめんきみにはゆづれない　宇宙図鑑がかはりに届く

迷路の本はいつか読まなくなるけれど本はこのさき長い迷宮

鳩時計が息継ぎながら鳴きをはる鳩にとつてはながい時間を

ほつといて　ほつとかないで　どちらにも聞こえぬやうに声出さず泣く

やはらかな足の左右に靴下を履かせても履かせても朝が来る

通勤が週に一日まで減つて雨がふつても空は濡れない

不動産サイトに溜める〈お気に入り〉見てるだけでは変はらないけど

遠くにもまた近くにも仲介のネットワークは全国にある

ひとりきり海辺の家に暮らすならだれにも使はせないトースター

自転車はいつまでもひとを待てる犬　首は前輪すこし傾げて

冷えきつて道路の端にうづくまるピンクは不燃黄色は可燃

重い身で重いつばさを打ちおろし飛べよからすは勇気ある鳥

こころまだ五歳のやうによろこびぬポテトフライを噛みきるたびに

誕生日ケーキは白く甘いからはぐらかされてまたの一日

生返事して柄をにぎる　包丁の刃のない場所は強くにぎれる

半分に割られたままで過ごす午後　新たまねぎはよく光ってる

Ⅱ

ただ一人

うすあをき雪の降りつむいろは坂　〈な〉のカーブより下り始めつ

なんて大きなザボンと思ふ　こひびとの頭を抱いて眠りたるとき

予定なき週末の来てしみじみとひらくさみどりの紀文豆乳

むなさきに銀のクロスを揺りながらあなたは鳥のつばさを食んで

ずぶ濡れでも会はねばならぬ人がゐる裏がへりたる傘のままでも

ただ一人去りたるのみのこの星に行き場もあらぬさびしさが降る

春の雨／冬はまづ

ゆふぐれにかけて理性はそこなはる　掌はまへあしに脚はひづめに

春の雨　尿《ゆまり》するとき抱きあぐるスカートは花束となるまで

お茶菓子の粉砂糖指にまとはるを机の下に持て余しをり

手に取ればだれのかなしみ鏡台にひとつ置かれしくるみ釦を

冬はまづ地《つち》に来りぬ明け方のアスファルト薄くうすく濡れゐて

木立深き中にもひかり降るところ　鈴木貫太郎記念館出づ

似合はない人が煙草を吸つてゐる　こほつてゐてもみづうみと呼ぶ

風の日は歌碑公園の砂浜のおもてを転がる砂をよろこぶ

星月夜　二度とはきけぬ話にはザイオン、ザナドゥ、都《みやこ》のことを

湯けむりにさらす裸眼のすずしさのからだは肉をぶらさげて立つ

目覚めればあしたは

真夏日しかない夏　都下の公園にゆれるあたまがみな燃えてゐる

またひとり届けてエスカレーターはゆるやかに地へ吸はれゆきたり

触つてはいけないものばかりなのに博物館で会はうだなんて

受付はためらひもなく半券を引きちぎるなり笑みさへうかべ

天体を模したひかりを待ちながらひとときとほい闇を見つめる

長すぎる一生をふと持てあまし星はしばらく光りてゐたる

地球へと祈るかたちにひざまづきひとは月にも石を拾ひつ

わかいのにめづらしいのね。くちびるの乾いたヘラの像に告げらる

陽のあたる廊下に汗はまたにじみカーディガンから腕をひきぬく

琥珀《アンバー》は透きとほりつつ濁りつつ溶ければあまくないお茶の色

隕石のそそぐ地上で親もとめ子もとめ鳴けり竜といふもの

四大文明いづれも河に生れしこと　冷水機のペダルをゆるく踏む

てのひらの記憶をしんと眠らせて土器は土へとかへらずにゐる

漢字とは占ふ文字でありしゆゑたくさん使ふ愛のてがみに

青銅の刀貨は指につめたからむ　口にふふめば見咎められむ

拝むもの多くかがよひやまぬもの神棚・仏壇・土間に入れる火

この地図のどこかにきみがたどりつくための大河を描き足してある

死についてふかく話した夜だつた　炎のやうな名の居酒屋で

さかさまのビールケースに腰かけて都合のいいことだけを思つた

みなみかぜ　二足歩行のはじめにはだれもが胸を隠さざるまま

中庭のすみに置かれてのどかなりかすか濡れたるみどりのホース

青空をあふぎて洟をすするときみのからだが弓なりになる

その口にすずしく並びそよぎゐむ草食ふ牙も肉食ふ牙も

多言語のリーフレットはすきまなくラックに挿され夜を待つらむ

たっぷりと遊びつくしたあとに来る小筆のやうなさびしさがある

ふたり乗る黄《きい》の車両がまどろみを抜けてもうすぐ川をわたるよ

目覚めればきみのあしたはけふの日の遺跡のなかではじまるだらう

来月の特別展には来ないといふ予定　どこへも記せずにをり

狐

とほき世にそろつて海を出てなほも泳ぎを忘れえぬさびしさよ

水面をはげしく鳴らす手と脚と　飛沫のなかをひとは進めり

湯あみするをさなの脚のふところにあをき性器はりんと下がりて

ひやす機械とあたためる機械となりあふキッチンやがて影がかすめる

まぶしさはくるしさに似て漆喰の壁いちめんの朝をむかへぬ

ひかる瀬に一羽と一羽立つ鳥のどちらも魚《うを》を獲るでもなくて

なんにんを愛してもいい掌で太陽の横に月を沈める

雌の方が大きく育つ生き物に生まれたかつた　みづに吐く息

食つとけよ　殻を剝いたらぼろぼろの卵のまづは白身を嚙んだ

冷房にあたればそよとそよぐ髪　屋根のしたにも風上がある

鍵盤のもつともたかく鳴る鍵にときをり触れてそしてここまで

何人までひとつのベッドで眠れるのだらうね　枕はふたりでひとつ

わたしは狐　あした死んでも光栄だあなたのまとふ毛皮になるなら

うつつの栓

目をとぢてうつつの栓を抜くごとく顔の凝りを溶かしてゐたり

脳髄におよぐさかなのうすき尾がわたしひとりの思考にふれる

食ふ話すそのうへ舐《ねぶ》るくちびるのせはしなさかなまつすぐに見る

遅き春　エレベーターと階段のどちらを選んでも下へ行く

「シンデレラ、十二時までは働いて。電車がなければ馬車で帰つて」

トーストを朝なさな置く丸皿を洗はず捨てるやうに生きたい

をとめ山公園吟行三首

この花はかなしい花と伝へゆくさくらさくらの陰旋法は

あてびとのあまたの恋を書きあげて〈むらさきしきぶ〉樹となりにけり

くまぐまにひかりを浴びて立ちのぼる春よもみぢの新芽は赤い

あらたまの可憐の春のうすあかり　タイツの先に爪透かしつつ

帰るたびまづジャケットを掛けられる椅子の背のやうに求められたい

雨月にて警察官の制服のうすはなだいろ近づいてくる

風とニコチン　あなたの中の風景の凄まじければ後じさりして

ぶだう酒にしづむ野がありもろとも口に流れこみくる

六月のたび紫陽花の生えてくる家とおぼえて角を曲がりぬ

濡れながら坂をくだりぬ太ももに刀のごとく骨しのばせて

このカーテンレール私の体重をまるごと支へられるだらうか

丸く刈られた樹木のやうに立つてをりみづから髪を切りたる午後に

誰も誰も老後のやうな顔をして歩いてゐたり公園の昼

夏草

ふりをしてる　わたしひとりに許された一生だけで足りてるやうな

婚や子に埋もれるまへの草はらでどんな話をしてたんだつけ

はつなつの風邪のしぶとさ　しはぶくに息はするどく切りきざまれて

花をはりしのちの躑躅はこみどりのちひさく硬き葉に緊まりつつ

産前に買ひしファンデは残雪のつめたさにあり　頰へ叩《はた》けり

風の吹くエアータオルの谷底へ午後の手のひらあふられにゆく

少年の色にはじめて焼けてゆく身体であらう夏草を指し

人ひとり肩にかついで歩みゆく　愛なのかもうわからない力で

子供たちのために飛行機が飛ぶやう　飛行機のために空があるやう

拳ではなく手のひらを振りおろす情けを愛と呼んでくれぬか

後ろ手に髪をくくれり夜の更けを起きて詩を書くならず者にて

おやおや　わたしのやうな人間に両手を伸べてすがるといふの

ウッドデッキ歩きつづけつメンソール湿布はひかる夏のこむらに

価値観のことなる風がぴうと吹く　レモンの月に見下ろされつつ

素足

鳥となる　体温計をはさみたる脇をひらけば羽毛が落ちて

眉を切るための鋏は小さいねけれどもいつも幸せさうだ

天上に天はなければ足下に湧く雨が濡らすだらう素足を

まだ思ふ　想へば思ふ　柩には眼鏡を入れられなかつたことを

*

縫ひ目のない世界に暮らす　濃紺のただ一枚の布きれのやうな

このつぎに産むなら文字を産みたいわ可愛いばかりのするゑつこの「雪」

あとがきに代えて

この世界は誰が作ったんだろう。いつかゆくはるかな場所の途方もない力を思いながら、心は身辺に吸い寄せられる。うつむく足元を流れてゆく歩道に、少し余裕をもって持ち込んだ枚数のタイルが満足に敷き詰められた日。無限に続くパターンは、踏まれても色を失わない微妙な風合いは、水はけのために十分に計算されているであろう原料の配分は、いつどのように考えられて。視線を脇へ送ると、シートで保護された土地に緑色のフェンスが立ちはだかる。フェンスはトラックに積まれて、初めは地面へ寝かされ、やがて重力に逆らい垂直に引き起こされただろうか。次の土地には気の強そうな草が夏には特にたくましく繁り、私の腰ほどまで伸びる。そこも（たぶん）私有地であるので、手に触れて土の湿り気を確かめるすべはない。やがてスーパーマーケットの前を通る、敷地の境界に背の低いまばらな植込みがあることは以前から知っていたが、あのように濃く苔むしていることには今日気づいたばかりだ。

この度の歌集出版に際し、また雑誌連載中からの短歌研究社國兼秀二様・水野佐八香様の心強いお力添えに御礼申し上げます。Ⅰに連載作品を、Ⅱに新人賞受賞作とこれまでに作った歌をまとめてありますが、お好きに読んでいただけたら嬉しいです。装幀は花山周子様、帯文には栗木京子様の作品評から引用いただきました。そして、私という歌人は未来短歌会で生まれたものです。のみならず、短歌の実作者としてだけではない生きている私の選択と思考のほとんどすべてに

——それが望まれたような形でなくとも——「未来」のお一人ずつから受け取った時間の痕跡があります。岡井隆さんにこの歌集をお届けできなかったことは、口惜しいと容易に書きつけるのも憚られますが、よき門人でもいられなかった年若の私が、今となっては褒めも叱られもしないという事実にどう向き合っていいのかわかりません。もう会えない人に、たくさんの人に、岡井さんに会いたいです。

二〇二一年八月　涼しい夜に

山木礼子

山木礼子　Reiko Yamaki
1987年 熊本県に生まれる。
2010年 東京大学文学部卒業。
2009年「未来」の岡井隆選歌欄へ入会。
2011年 未来賞受賞。
2013年「目覚めればあしたは」で第56回短歌研究新人賞を受賞。

検印
省略

令和三年九月十六日　印刷発行

歌集　太《たい》陽《よう》の横《よこ》

著者　山《やま》木《き》礼《れい》子《こ》

発行者　國兼秀二

発行所　短歌研究社

郵便番号一一二—〇〇一三
東京都文京区音羽一—一七—一四　音羽YKビル
電話〇三（三九四四）四八二二・四八三三
振替〇〇一九〇—九—二四三七五番

印刷・製本　大日本印刷株式会社

ISBN 978-4-86272-687-2 C0092